KB233364

꽃들은 아직도 춥다

꽃들은 아직도 춥다

박소향 시집

우리글

시인의 말

바늘귀에 눈을 맞춰보는
세상을 꿰어보는
그리움 하나 가슴을 향해 파도쳐 본 사람은
그대의 이마도 뜨겁게 짚어줄 줄 아는
나무 한 그루 안고 사는 사람입니다
들판에 홀로 서서 눈 비 바람을 맞는
꽃들에게 거처할 수 있는 영혼의 집 한 채
짓고 싶습니다
아직도 나의 헛간엔 흙 묻은 발의 꽃들이
바람을 막고 서 있습니다

2010년 11월
다문리에서 박 소 향

4부 —

1부

월문천*에서

12

신발에 묻은 흙을 저문 강가로 흘려 보내고
발 씻는 물을 따라
땀 흘리던 산새 울음도 씻어냅니다

황소처럼
수없이 되새김질한 마음을
치자꽃처럼 물들이지 못하여

노을이 눈 멀 때까지
거기 그리움처럼 서 있다가
나도 눈먼 달 하나를 안고
돌아오는 월문천

* 월문천 – 경기도 남양주시 와부읍. 川

연수천*

용문산 허리를 휘어 감고
풀꽃들 눈시울 젖은 아침을 끌고 내려오는구나
부딪치는 돌 머리마다 하얀 거품을 물고
몸이 부서져라 세상을 향해
눈을 부릅뜨고 있구나

어둠 한 자락 퍼올리는 달맞이꽃
피어오르는 물안개로 몸을 감추고 있다

하얀 서리 밟으며
새벽을 털고 일어서는
어머니의 방문 앞으로
먼저 내민 버선발 끝에
동쪽은 벌써 붉은 가슴을 태우고 있다

어둠으로 덮여있는 마을
목멘 농부의 발밑으로 흘러서

그대의 새벽도 흔들어 깨우고

하얀 이마 아래
눈망울 글썽이며
치마폭에 얼굴을 묻던
지난 그대의 저녁때로 흐르고 있구나

* 연수천 – 경기도 양평군 용문면 연수리 천川

지상의 꽃들에게

바람에 흔들리는 것이 너뿐이겠느냐
네 불빛 아래 어두운 것이 네 탓이겠느냐

방문 앞 물소리 밤마다 높은 것도
네 속울음 때문 아니겠느냐

바람도 네 마음 아는지
문풍지 살며시 흔들다 간다

우리가 산다는 것
발바닥 뜨겁게 꽃이 되어가는 것이 아니냐
하늘도 때로는 아득하여
눈물을 쏟을 때가 있지 않느냐

징검다리

　냇가에 발을 담그고 서 있는 버드나무 한 그루 가끔
은 상처를 달래주는 노랫가락으로 그 누구에게 따뜻한
입맞춤으로 다가오던 버들피리 소리는 제 몸을 깎고
부러뜨려야 비로소 얻어지는 귀 명창이다 젖지 않고는
함께 흐를 수 없는 푸른 슬픔 한복판에 코를 박고 등을
내어주는 어미의 가슴속 설움덩이 같은 것 그 등 위에
서 나 혼자 흔들려 미끄러진다 철렁 주저앉은 아픔이
꽂혀 있다 길게 팔을 뻗어 건져 올린 두 손안에 가득
고인 그리움들이 뚝뚝 떨어진다 너를 짚지 않고는 건
널 수 없었던 긴 강 끄트머리에 오늘 밤도 물안개는 피
어오르고 있다

강

강의 눈시울이 항상 젖어 있는 것은
강이 사랑을 알고 있기 때문입니다

고요히 이마를 맞대며
많은 날을 함께 흘려 보냈기 때문입니다

먼 산머리를 돌아
마주한 날은
우리 젊은 날들의 풍경을 닮아가고

먼저 앞서 간 강의 뒷모습을 따라
소리 없이 우리도 뒤따라 흐르고
두 발보다 더 낮은 곳을 딛게 합니다

강의 눈시울이 붉게 물드는 것은
늘 마음을 전하지 못하고
넘어가는 노을 때문입니다

지게

먹구름을 몰고 오던 비가
섬진강을 다 적시고
처마 끝 안쪽으로 들이친다
궂은 날
아버지가 쉬는 날이면
어딘가 받쳐져 있을 궁핍한 외로움

상한 갈꽃처럼 들판이 비어갈 때
찬바람에 꺼져가던 목숨들을
폭우 속에 뛰던 가슴들을
산 그림자 길게 지고
내려오던 저녁나절을

한줌의 흙을 사랑한
날개와 손 어깨 위로
내 아버지의 등이
너의 길이 되었구나

수없이 져다 부린 시간

봄 여름 가을 겨울
채 피기도 전에
꿈이 비를 맞고 눈을 맞고
깊어지는 하늘 한 자락 부려놓던

너의 길은
평생을 헛짐을 지고 부리는 일이었나 보다

섬

무릎을 꿇지 않고는
그 어떤 것도 피워낼 수 없는
허리를 펴고 스스로 깨어
일어서는 아침만이
제 이마에 흐르는 땀을 닦아낼 수 있는

지상에 꿈을 심고
나는 수없이 꿈을 캐내기도 했다
허공에 굴러다니는 참 말들을
알아차리지 못하고 돌팔매질을 했다

등을 돌린다는 것은 슬픔을 입고 사는 일
한 생을 등에 매달고 돌아설 수 없는
아득한 먼 바다 섬이 되어가는

풀에게 1

서울로 가라
이곳은 네가 클 곳이 아니구나
이 오지에 태어나
네가 뽑히고 쥐어뜯기고 있구나

베이고 밟히고 넘어져도
누구 하나 너를 눈여겨보는 이 없다
눈칫밥의 세 끼니는
너를 더 야위게 하는구나

서울로 가라
다시는 울지 마라
가서
길가 아무 곳에서 만나도
너를 반기며
사랑의 눈길을 던지는 곳에서
꿈을 심고
마음껏 꽃 피우거라

덕소 세탁방

스스로 지워버릴 수 없는
때 절은 일상을 보냅니다

실밥 터진 속살 부끄러움
환히 드러나 보일 때 보냅니다

옹이진 마음
주름을 펴기 위해

치수가 맞지 않는 기억
수선하기 위해

푸른곰팡이가 슬어
슬픔을 주체하지 못할 때

찾아 가는 덕소 세탁방에는
유난히도 반짝이는 그리움이 있습니다

밥 한 그릇

외면을 당한 밥 한 그릇이
냉장고 위 칸에서 얼고 있다
이리 제치고 저리 밀치어
누구도 거들떠보지 않는 밥 한 덩어리

나는 제 속을 환히 들여다보이고 있는
냉장고 문을 힘껏 닫아 버렸다

누군가에게 나도
찬밥 덩어리일 때가 있었으리라

돌아서면 이내 배가 고파지는
나는
식은 밥 한 덩어리라도 그리운
한 그릇의 사랑을 담고 싶어하는

그리고
따뜻한 밥 한 그릇의 어머니
어머니

하얀 글씨

산도 들도
햇살 한 자락도
쓰러지는 저녁

아무도 다녀가지 않는 벌판
나는 발자국을 남기며 길을 냈다

삐뚤삐뚤
돌아오는 길
하얀 글씨를 덮으며 돌아왔다

강은 기억하리라

지금 이 시간도
강은 슬픔을 밀려 흐르고 있다
그 강에 떨어진 나의 꿈들 새의 깃털들
물고기떼 비늘도
꽃잎처럼 떨어져 가라 앉아
어두운 강바닥 별을 헤아리리라

걸어온 길도 젖어
내 마음이 닿지 않는 곳까지 흘러
강과 강이 만나는 곳에서
함께 울었음을 강은 기억하리라

내 것이면서도
나의 것인 줄 몰랐던 어제들이
뗏목처럼 흘러 간 겨울강에
흰눈이 내 생애 어느날처럼 휘날리고 있다
피었다 지고간 꽃의 자리도
마침내 내 기댈곳도
하얀 물안개로 전설이되어 흐르리라

2부

눈길

눈이 내린다
눈 속을 걸어가는 사람이 있다
지워지지 않는 발자국을 따라
걸어가는 사람이 있다

숲 사이 설핏길이
햇살을 간간이 들여 놓는다

한 생애가 문득 문득
벼랑 끝으로 하얗게 떨어지고 있는

서로에게 길이 된 사람이
눈 속을 가고 있다

몸살

땅 끝에서부터 눈이 감겨 오더니
창밖 먼 산등성이
목에 걸린 노을이
비틀거리며 일어서고 있다

어둠 깊숙이 콜록대는 꽃씨들은
바람에 날아가고
벌어진 문 틈새로
오랜 나무테의 세월은
그 시간에 누워
수액처럼 쏟아낸 하얀 말들을
발치 끝에 모아두고

세상 어디선가부터 시작한
길들의 겉가지를 붙들고
세상은 밤이고 낮이고 몸살을 앓고 있다

얼굴

움집 처마 끝이 비치던 우물 안은
세상 온갖 길 바람을
고요히 앉혀놓고 있습니다
길은 누구에게라도 햇살이 되었고
숲으로 향한 길은 언제나 젖어 있었습니다
아지랑이 멀리 피어오를수록
산새 울음은 우물 안을 가득 메웠습니다
하늘이 조그만 면경처럼 떠 있고
나의 말들은 퍼올리지 못할 울림으로
두레박에 가득 차올랐습니다
늘 염려하던 어머니의 마음이 퍼올려졌습니다
이제 어머니를 염려해야 할
세월의 두레박을 내려뜨립니다
허리끈이 조용히 흘러내리던 땡볕이
가득 고인 우물 안
꼭 어머니의 눈을 닮은 또 다른 어머니가
나를 아득하게 지켜보고 있습니다

내 안의 마을

슬픔의 무게를 별로 키우던 세상의 길은 모두
내 앞에 있었다
그 길로 울창한 숲이 떠나고
혼자 남은 오솔길의 돌담을 짚어가며 산으로 떠난
어머니의 그림자를 밟고 달려가던 솔밭 사이로
보리밭 이랑은 노랗게 패어 있었다
지문처럼 희미하게 찍혀진 마을 어귀의 저녁은
흙발로 제 모습을 지우고 남아 있는 사람들의 마음이
하나 둘 별로 뜨고 있었다
밤이 늦도록 산등성의 하늘은 환했다
그 너머로 마음을 잠재우느라
하얀 발자국 소리에 놀라던 밤은
두려움으로 날이 샜다
그 위로 구름이 떠가고 나뭇잎이 마을로 내려오면
흰 눈발들이 문 앞을 가로막던 어머니의 모습이
지금도 나를 잡는다
오랫동안 닫힌 말문이 돌아오지 않는 강물 소리로
몸을 키우며 내 유년의 마을은
멀어져 가고 있었다

갈대

사는 것 꺾일 수 없는 갈대밭
나는 아무것도 꺾어 보지 못했네

제 마음 하나 꺾어 다스리지 못해
기울던 날들이
키를 넘어버린 하늘 위로
발꿈치를 들어 올리네

마을의 집들이 하나 둘 불을 밝히네
물이 깊어 가늠할 수 없는
강 허리까지 차오른 저녁 안개
사람의 가슴속에 길을 내고 있네

그대는 모르네
달 밝은 밤
갈대는 왜 목이 길어지는지

불면

33

바람과 별들이 피웠던
꽃들을 생각합니다

더 가까운 귓속말로
가슴을 두드리던
아름다움을 생각합니다

서로의 상처들을
말없이 읽어 내려가던
그 들판에 벗어놓은
잃어버린 바람의 신발 한 짝

풍경 소리를 듣습니다
산과 골짜기를 돌아오는
목어의 기침소리를 듣습니다

늦은 봄까지 남아있는 잔설
하얀 응달의
등이 시린 이야기를 생각합니다

해당화

34

잠 속에서도 먼 바다 소리를 들었다
눈감은 동공 안으로 파도가 밀려왔다
돌아누울 때마다
지구 저편도 뒤척이고 있었다
가슴속엔 바다가 넘실거리고
내 몸은 해초처럼 너풀거렸다
푸른 날개를 달고 헤엄을 쳤다
소금기 젖은 갯바람이
수평선 하나를 그었다

다듬이 소리

흰 호청
나부끼는 빨랫줄에
함께 걸린 구름도 걷어다
맨발로
제 살을 밟으며
더 희게 밤을 두드렸다

다듬이 소리

흰 호청
나부끼는 빨랫줄에

텃밭

봄이 눈을 뜨자 맨 먼저 텃밭에 봄비가 다녀갔다
산을 오래 바라다보면
산에 서 있는 나무들의 나이가 보였다
나무들의 말하는 소리가 들렸다
오랜 풍파를 이겨낸 나무들은 고요하다
바람은 흔들림 없이 부처를 닮은 듯 초연했다
산 밑 텃밭은 산을 잘 읽고 있었다

사람도 젖으면 수심이 깊은 눈을 가진다
텃밭은 오늘 유난히 따뜻하게
몸을 허락해 주었다
봄바람이 몰고 온 풀씨들이
다투어 손들을 퍼뜨리고 있다
내 마음속 봉지마다 새눈을 달고 나온 씨앗들에게
새 세상을 하늘을 열어주었다
너무 많은 날들
그 어둠에서 흔들렸던 마음에도 텃밭이 생겼다
풀 꽃 나무 이쁜 들꽃들도
살림을 꾸릴 모양이다

내 등에 따사로운 봄볕이
저 깊은 뿌리들에게도 닿아 있으리라
텃밭을 일구고 있으리라

산이 하는 말

마음 담은 곳이 누추하면
꿈도 남루해집니다
아니 어쩌면 우리는
남루한 꿈만 응달진 곳만
찾아 헤매었는지 모릅니다

가면 안 될 곳에 머물러
부끄러움을 반짝거리며 살아왔는지 모릅니다

서로에게 짐이 되지 않기 위하여
어느 한 곳이라도 어느 한 귀퉁이라도
자유로움을 이야기했습니다
심지 않으면 꽃도 씨앗도 사랑도 바람이 되었습니다

식구 이야기 사는 이야기
어둠에서 쏟아져 나오는 꽃들의 이야기
산은 이 모든 이야기를
들꽃 이야기라고 사람 사는 잔치라고
푸르게 푸르게 말합니다

꽃이 지는 까닭

피고 지는 일이 어찌 네 탓이랴
꽃잎 떨어지는 소리
바람이 가만히 귀를 대고
등을 내어주고 있다

눈을 감아도
뜨겁게 이름을 부르고 서 있더니
초록 잎새 환하게 남겨두고

짧은 날에 슬픔으로 맺힌 까닭은
사랑이 사랑을 지키지 못하여
꽃이 지는가

당산나무 아래

마을을 지켜주던 당산나무 그늘에
늘 앉아 쉬고 하던 노인이
자리를 비워놓고 바람이 되었다

무겁게 신발을 끌며
중심이 기울던 한 생이
어둠을 짚어보던 지팡이가 되어 서 있다

안개 속에
마을이 그림자로 누워 있을 때

바람은 당산나무 그늘을 떠나지 못하고
한낮을 가리는 쓰르라미 울음이
늙은 나무를 뜨겁게 껴안고 있다

남해 물건리 마을*

바다만 바라다보고 있습니다
집도 사람도 꽃도 나무도

현관으로 바다가 들어와
가끔은 방에서 낮잠을 잡니다
주인이 되기도 합니다
아이들도 바다를 불러다
구슬치기를 하고
자전거를 함께 타기도 합니다
그러다
우르르 바다를 따라 바다로 갑니다

바다에 와서는
저만치 신발을 벗어 놓습니다
모두 맨살로 바다를 만납니다

훌쩍 떠나버린 그리움이
바다에 있기 때문입니다
가슴마다 깊게 박힌 섬들이

절벽 아래로
끝없이 헤엄을 치고 있기 때문입니다

*물건리 마을 : 경남 남해군 삼동면 물건리

다랭이 마을*

43

어머니 등처럼 굽은 길을
타고 오르는 다랭이 마을

빈 지게도 메지 않았는데
목이 쉰 숨소리가 무겁게 옮겨진다

갈퀴로도 긁지 못할
어머니 눈물로 박힌
다랭이 논바닥 모서리

어느 어머니의 손이
저리도 반질거리며 닳았을까

켜켜이 포개진 돌담 사이로
햇살은 파도처럼 빠져나가
바다로 출렁거린다

윗대로부터 고향을 눈물겹게 지켜온
전주 이 씨 이장님 댁

서울내기 우리들은
멸치찌개를 처음 먹어 봤다고
밥이 절로 넘어간다고
멸치처럼 입을 모았는데

내 목에는 아직도
며칠 째 멸치가시가
푸른 바다로 되살아나
지겟길로 지겟길로 치닫는다

*다랭이 마을 : 경남 남해군 가천 다랭이 마을

3부

초승달

울먹이는 새 한 마리
얼마나 깊은 밤
헤집고 날아왔기에
목덜미 저리도
수척해 있을까

겨울 팔당역

손을 흔들며 떠난다
가다가 날이 저물면 노을도 태우리
강을 만나면
나의 슬픔도 보태리

산허리 아래로
흔들리는 낯선 마을
강가로 기차는 달리고
갈대숲은 기러기를 부르고 있다

아스라한 날갯짓에
꼭 만나야 할 사람을 떠나 보내고
내리지 않을 곳에서 마음을 내려놓을 때가 있다

눈 내리는 밤
느린 걸음 달빛 속으로
나의 사랑도 흰 눈발처럼 달리고 있으리라

지나온 것들은 향기가 있다

48

지나온 날들이
향기 아닌 것이 없다
내가 머물던 자리
상처가 아물던 밤
모두 꽃 아닌 것이 없다

무엇이 바빠 달음질쳐 왔을까
너무 멀리 기억 속에서 떠나와 있다

지난 가난도
향기처럼 얘기하고 있다
포도 알처럼 입안에 굴러다니고 있다

자정은 가끔 낯설게
제 방에 찾아들고

향기 아닌 곳에서 더 향기로움을
우리는 기억한다

사랑은 또 어떠랴
맨 처음 어머니 품에서 시작한 사랑을
여지껏 노래하고 있지 않으냐
어머니가 배에 담고 키웠던 달을
우리는 또 얼마나 그리워하고 있는가

가지치기

공이를 자른다
나뭇가지의 시간도 자르고
아문 듯 도진
사랑의 촉수도 자른다

한가운데 버티고 서있는
나무 둥치에서
초록으로 돋는 이 기운
막 피어오르는 네 꿈을
손댈 수가 없구나

이 봄
물소리 바람소리 발길을 멈추고
무딘 살갗을 뚫는

망설임 없이 팽팽하게 맞서는
내 자존심에 잔가지를 자른다

여름의 끝

여름내 소나기를 몰고 다니는 구름은
이제 막 피어오르는 산수국의 마음을
붙드느라 정신이 없다

폭염에 더 익혀야 할 것도 없는 땅위의 손마디마다
찬 이슬들이 여물던 속살 깊이까지
어쩌면 먼 그 훗날까지
대지에서 흘러가던 강물 소리로
새 생명을 키우고 있는지 모른다

누구의 손에 따뜻하게 쥐어져
어느 하늘 아래서
달무리를 우러러보는
사랑으로 크고 있는지 모른다

겨울 입구

52

무밭에 푸른 이마들이
하늘빛을 닮아 갈 무렵
그대를 만나야겠습니다

여린 배추 잎들이 추위에 못 견뎌
따뜻한 손길을 기다릴 때쯤
나는 그대 곁에 서 있겠습니다
어느 한 곳이라도
그대가 머물지 않는 곳이 없습니다

그대가 사는 마을의 날아다니는 새 떼들이
이곳에도 날아와
간간히 울음을 떨어뜨리고 갑니다

바람이 차갑습니다
새벽잠에 깨어 울먹이던
나무의 어깨 위로 들꽃의 몸 위로
하얗게 서리가 앉았습니다

돌아선 그대의 등 뒤로
흰 눈발들이 그대의 모습을
지워버렸던 이후
산과 들에 마음을 놓아버렸던 계절이
저만치 가고 있습니다

유년의 뜰

울타리를 힘겹게 붙잡고
목을 내밀며 지켜 섰던 장미꽃
고즈넉한 저녁을 맞고 있다
황토 담장 너머로 장미꽃이 떨어져 있다
꼭 한 번 듣고 싶어했던 말 한마디가 떨어져 있다
툭툭 제 몸의 살점을 터트려
돋아나는 새싹은 언제나 저 아래에서 솟았다
손이 닿지 않도록 훌쩍 커버린 옥수수밭도
제 속살에 알알이 박혀
다시 태어날 애벌레처럼 허물을 벗고
토담집 양철지붕을 원 없이 때리던 장대비도
기쁘게 울어 낼 강이 되어 흘러갔다
우리는 호박 넝쿨처럼 엉키어
어느 날 덩그러니 안겨줄 꿈을 키우기 위해
산등성이에서 들에서 강가에서 흙냄새를 맡으며
비를 맞고 눈을 맞던
꿈이 다 바랜 대청마루가 되어가고 있다

몸을 낮추면 더 많은 것들이 보였습니다

장대비 속에서

눈을 감아도
눈 떠있는 밤을 향하여
비가 그치기만을 기다렸던
맑은 눈빛은

성난 하늘을 이고
폭우가 쏟아지는 시간을 털며
성큼 들어섰던 침묵이
낮게 떨리며 진실을 말합니다

온몸이 흠뻑 젖어
속살이 환히 들여다보이는
흰 상의의 등 뒤로
명치끝에서 배어 나오는
눈물만큼 눈부시게 합니다

어느 한 곳이 허물어져 내리는 저녁
먼 바다의 파도 소리를
함께 끌고 온 고요한 외침은

흐르던 시간의 강도
물길을 돌리고

새

날개를 가졌다면
지상에 앉지도 않았을 거예요
위태로운 나뭇가지에 걸터앉은
사랑을 지니지도 않았을 거예요
밤새 서서 잠들지도 않았을 거예요
숲을 향하여
알아듣지도 못하는 말들을
혼자 노래하고 있지는 않았을 것이며
고단한 어깻죽지를
밤보다 더 낮은 곳으로
내려놓지는 않았을 거예요

바람을 탓하지도

지금은 연습 중

들꽃들 머리 위로
후드득 빗방울이 쏟아집니다
백열등같이 환한 들길을
빗줄기가 물고를 냅니다

이리 뛰고 저리 뛰다
무릎이 깨어지고
상처 깊숙이 빨갛게 터져버린 울음들

들꽃은 겸허히 몸을 낮춰
뼈 속까지 젖은 꿈을 놓지 않습니다
흙탕물을 뒤집어쓰고도
산도라지 같은 웃음을 잃지 않습니다

아기별꽃 바람꽃 엉겅퀴
저희들끼리 깔깔대다
무리지어 흔들립니다

풀꽃들은 나를 밟고 지나가는

바람까지도 사랑합니다
손을 내밀면
손을 따뜻하게 잡아줍니다

아직도 사는 연습 중입니다

가을마당

생각을 뉘이고
성난 고추들이
제 몸이 환히 들여다보일 때까지
가을을 담고 있다

하얀 여름은
곁을 떠나지 못하고
내 몸 속을
맑게 흐르고 있다

4부

신기루를 찾아서

1

　신발을 벗어 던져야 했다 바람으로 잠든 바다가 보였다 궁전이 서 있었다 아니 의지해야 할 산도 마음을 적셔야 할 강도 경계도 당신에게로 향한 길도 하얗게 지워져버린 모래밭에 발이 빠진다 한 번 빠지면 다시 건져 올릴 수 없는 마음 깊숙이 아득한 너무 많은 시간이 흘러버렸다 목마른 샘을 찾기 위해 나를 놓아 버려야했다 눈물을 닦아주는 당신의 손이 시간이 별들이 쏟아지는 저녁 종소리가 들리고 있다 오랜 시간이 당신의 어깨 위로 내려앉는다 서로의 등에 새겨야 할 말이 이곳에선 필요하지 않는 시간이 시작되고 있다 사막은 제 살을 더듬는다 시간이 멈춰 있다 그윽이 바라보면 허공에 풀이 돋고 나무가 자라고 있다 낙타의 등이 산이 되고 새롭게 바람이 불고 있다 먼지보다 더 가벼운 생명들이 하룻밤 사이에 산을 옮겨 놓고

2

　사막에 집을 지어요 눈이 내릴 수도 있어요 바람도 우리 앞에서 멈추어 서는 숟가락 소리가 야윈 들꽃의

몸들을 보름달로 채워 갈 거예요 새가 찾아오고 세상
과 잘 섞어진 한 접시의 고통도 꽃이 될 수 있어요 베
어진 상처마다 등 푸른 가시를 뽑아낼 수 있어요 마음
이 숨 가쁘게 걸어왔던 등 굽은 길도 산을 키워낼 수
있어요 우리의 헛기침 같은 악몽은 눈 덮인 산에 아침
으로 빛나고

들꽃

그대 세상이구나
온 천지가 그대 얼굴이구나

불송이를 지피던 아궁이에서
매운 눈시울을 닦아내던
걸음을 멈추고
거기 그 눈빛으로 서 있구나

들꽃이 내어주는 하늘 속에
그대의 마을
옹기종기 낮은 지붕 위로
날아다니는 새 울음을
나는 새겨듣고 했는데

바람은 강 건너
풀꽃의 마음을 흔들어 놓고 갔다

우리는 말없는 달빛을 이고
한 발짝씩 산길로 가까워지고 있구나
서로의 안부로 피어 사는구나

움집

산에 기대어 사는 집
꽃들은 뿌리 속까지 깊은 어둠을 밝히고
움막집으로 노을을 끌고 들어옵니다
설움처럼 흙을 털며
한 모퉁이 바깥 허물들을 던져 놓습니다
그 허물 속에서 얼마나 더 많은 허물들을
끌어 안고 살아 왔을까요
백일홍처럼 피면서
산의 그림자의 자리를 내어준 움막집
산을 다 들여놓을 때까지 문을 걸어 잠그지 못합니다
대문이 없어 방금
몸을 빠져나와 주저앉은 시간들을 두드립니다
밤새 눈이 오는 날이면
짐승 발자국이 새벽보다 먼저 다녀갑니다
머리맡에 들여 논 신발 한 켤레 밤을 지키고 있습니다
산 아래 앉은뱅이 민들레로
작은 들꽃의 마당을 비질하면서
바람도 재우고 눈, 비와 함께 살림을 꾸리는

탱자나무 울타리

세상일을 저만치 밀쳐놓은 것도
등대처럼 바라만 보던
눈물 밑에 감춰둔
생채기 하나도
네 밑에 피고 있다

밤새
가는 핏발이
저 끝 아래로만 감겨지던 눈
입술 꼭 다문 봉숭아 씨앗같이
한꺼번에 쏟아내는 울음

손톱이 짓무르도록 쌓아올린 햇살
노랗게 혀끝에 울궈내며

저 밖의 가시처럼 돋은 어지러운 일들도
모두 품안에 가두고 있는
별처럼 꿈꾸는 어머니 손등같은 세월

텃밭 가꾸기

남보다 먼저 텃밭을 일구고
고구마 상추 고추
바람 들지 않게
골을 돋아 심었다

연수리 골짝 바람도
용문 들 바람도
그리고
햇살 한 자락 뿌려 주었다

붙들고 놓지 못했던
알몸 같은 씨앗 그 어둠에
하얀 흔들림도 심었는데

며칠째 집을 비운 텃밭에
고라니가 푸르게 돋아난 내 꿈이란
꿈은 다 뜯어먹어버렸다

헛꿈을 심었구나

헛짓 같던 내 봄 한철
내 여름이
한 발짝 들여놓다
멈춰선 고랑에서
뿌리라도 견뎌 보겠다고
헛짓은 아니라고
질기기도 한 꿈이
어둠을 움켜쥐고 있네

풀벌레 소리

걸어온 만큼 쌓인
저녁 강의 얼굴을 털어내고
낮은 지붕으로 찾아드는 노을 빛

나란히 벗어놓은
한켤레의 고단함을 털고

가족들의 무릎 맞댄 밥상엔
한쪽이 기운 어깨들이
크고 작은 숟가락 소리를 낸다

밖에서 끌고 온
얼룩진 풀벌레 소리
닦아도 닦아도 내려앉는다

상처

사람의 등이 항상 눈과 마주한다는 것을

몸이 마음을 이기지 못한다는 것을

마음을 뒤흔들어 놓은 밤바다는

이 세상 바위보다 더 큰 짐이었음을

남쪽 창

별을 더 많이 바라볼 수 있는
하늘을 가질 것입니다
바다가 창을 다 덮는 날은
푸른 지느러미를 달고
바다에서 태어난
둥근 해를 가슴에 품고 키울 것입니다

소금밭의 하얀 이별로
밤바다 속을 울음으로 채웠던
물새들과
돛단배에 실린
해초를 뜯는 현을 건져 올릴 것입니다

검단산 보며

하늘을 찌른 듯 받쳐 들고
그 넓은 강을 다 품고 있다

온몸으로 밀던 물살을 가르며
들판 깊숙이 흘러들어
해와 달을 띄우고 있는 것일까

살아가던 삶의 주름을 늘리고
바람으로 울음을 키우고 있을 때
등을 세우고
무릎을 꿇게 했던 곳

풀뿌리 감겨진 세월도
짊어진 만큼 안고 사는 것이다

우리가 맨발로 사랑해 온 것은
거기 산이 있기 때문이다

풀에게 2

네게도 뜨겁게 피워냈던 꽃이 있지 않았느냐
온 힘을 다해 밀어 올리던
너의 아침이
사람을 그리워했을 뿐이다

바람에 흔들리는
하늘을 사랑하는
아득한 길 위에서
이슬처럼 떨어져 누웠던 밤들

네 상처가 왜 푸르러 있는지
그 폭염에 장대비에
잠들지 못했는지

나는 이 계절이 무겁구나
아직도 멀리서 들려오는
너의 발자국 소리가 두렵구나

용문 장날

사람 사는 냄새가 난다

용문역 사거리
떡집 방아소리에
한여름 뙤약볕이 졸고 있다

숨어 살던 것들이 모여
장을 세우고
눈이 마주쳐야
주인을 만나는 날
긴 하루해가 기울고 있다

구릿빛 노을 얼굴들이
골목 안에서 흘러나오는 노랫가락에
반가운 몸짓으로 흔들린다
잘 키워 세상에 내보낸
푸성귀와 떡잎 진 마음 몇 포기들
발걸음이 향하는 쪽으로 고개도 따라 걷는다

순박한 눈빛들은
한결같이 등이 굽었다

순박한 눈빛들은
한결같이 등이 굽었다

목포 앞바다

마음을 두고 간다
파도소리 따라오며 흔들리는 유달산
눈에 밟히는 것 모두
설움을 풀어내고 설움을 받아주던 삼학도
아스라이 손을 흔든다
목포역에 비 내린다
스피커에서 흘러나오는 목포의 눈물
기차의 등을 적시고 가슴에 내리는
숱한 사연 흰 손수건들이 젖고 있다
철로 옆 코스모스가 그날을 기억하고 있구나
어떤 놈은 얼굴이 유난히 붉어져
고개 들지 못하고
아직 세상을 만나보지 못한 놈은
봉우리져 하늘을 향해
얼굴을 높이 쳐들고 있다
기적이 울린다
우리 마음도 기적을 울리고 있다
등이 춥다
아무리 돌아봐도 등 뒤의 것들은 추운 것뿐이구나

5부

첫눈

아침부터
온 하늘에 점을 찍으며
눈이 내린다

나는 첫눈 내린
첫 발자국만 기억하리

그 뒤에 길은 하얗게 용서하리

꽃들은 아직도 춥다

흘러도 흘러도 누가 뭐랄 것 없는 새벽 강에서
꽃들의 떨리는 입술을 만났다
언제나 먼저 다가서게 하는 꽃들의 눈을 보았다

가끔은 그리운 사람의 이름으로 서 있기도 하다가
조용히 제 이름을 내려놓는다

꽃들은 저마다 제 몫을 다하여 삶을 누리다 간다
그러나 잊히는 것은 아니리
그 어디에 향기로 남아
문득 바람으로 바다로 섬으로 울음을 참았으리

보라 저 만발한 들에
띠를 두른 꽃들이 종종걸음으로
기어코 별빛 하나 따라 나선다
질러가던 바람도
배고픈 달빛으로 누웠다

꽃들은 아직도 춥다

솔밭 사이로

80

밤기차에 칸칸이 실은 달빛
바람이 불면 풀잎처럼 누우며
때로는 선로 위에서
우표 한 장처럼 세상을 바라본다

한 사람의 마음도 덮지 못하는 눈
용서처럼 마음을 내려놓고 눈이 내린다

다시는 손 흔들지 않으리

아스라이 언덕으로 뛰어 들어가는 나의 기차는
흰 눈밭
솔밭 사이로
그리움의 꼬리를 감추며 떠났다

찔레

하얀 달빛 아래
어둠으로 뒤척이는 꽃잎마다
어느새 두 어깨 울먹이는구나

새벽 강에
푸르게 젖은 눈동자로 남아
착하게 착하게 서 있구나

우리 먼동이 틀 때까지
그 서늘한 눈빛 그대로
있자

꽃길

봄이 걸어간 자리
꽃들의 환한 얼굴을 보겠네
서로들 행복에 겨워 눈물을 흘리는 꽃도 있네
고개 숙이고
봄의 뒤를 말없이 따라 걷는 꽃도 있네

지난밤에는 작은 등불 하나 켜놓고
두근거리던 젖은 꽃잎
밤을 밝히네
온밤을 걷다가
꽃들의 흰 발목 나란히 서있는 그림자를 보겠네

봄이 걸어간 자리
꽃들이 피워낸 노래가 서 있네
떨어진 꽃잎 위 바람의 길이 되네
사람이 지나가네
그 길 위에
꽃들만이 아는 강이 흐르네

소쩍새 운다

텅텅 솥이 비었다고
별을 쪼아 먹으며
세상 사는 일이 저무는 강이 되었다고
가난한 것도 버릴 것도 사랑하는 일도 눈물겹다고
눈을 떠도 세상이 보이지 않는다고
강바닥엔 꿈이 다 바랜
농부의 지문처럼 어지럽다고
착한 마음 하나 밤새 지켜보겠다고 우는 새
떠나보낼 일도 붙들 일도
그리운 눈동자 하나 가슴에 심어보겠다고
빚진 가슴들이
별처럼 떠 있다고 눈물 떨어뜨리며 우는 새
등불 같은 밤이 흐르고
서로 손을 꼭 잡고
풀이 자욱한 묵정밭을 일구어
그리운 것은 마음껏 그리워 해보자고
밤을 지켜 별을 헤이는 소쩍새 운다

허수아비

84

추수가 끝난 들녘의 볏짚을 걷어
그는 새끼를 꼬고 있다
가느다란 볏짚 끝에 새 볏짚을 꽂으며
세상에 하고 싶은 말들을
거침없이 꼬아대고 있다

잘 비틀어 보면 단단하게 꼬인 삶이
가는 길에 무게가 실린 적이 있었다

그의 등 돌린 창가엔
햇살이 반쯤 내려 앉아 있다
하얀 그의 머리 위에
똬리를 틀고 시간을 감고 있다

고요로 서 있기까지
빈 들녘 바람 속으로
바람이 되어버린

길 떠난 이의 새벽

아직 새들도 잠을 자고 있다

안개 걷힌 마을에
조용히 잠든
길들도 놀라 깨어나고

푸른 눈물의 꽃을 피우고 있던
바위도 어깨를 들먹거리는
부엉새만이 울고 있다

먼저 도착한 새벽이
들판을 갈아엎는
꽃이 만발한 산에서
맥박 뜨거운 산새 울고 있다

서리걷이

별자리가 또록또록
눈 뜨는 소리가 들립니다
명치끝에 치솟았다가
가만히 돌아눕습니다

간밤에 서리가 왔습니다
무밭 잎들이
빳빳하게 긴장하고 있습니다
살이 잘 차오르라고
배추 잎 속을 묶어 주었습니다
겉은 얼어도 속까진 멍들지 말라고
꼭꼭 묶어 주었습니다

된서리가 오기 전
끝없이 뻗어 나갈 줄만 아는
내 마음의 넝쿨을 걷고
생각의 끈을 놓지 않고
뜨겁게 차오른 고구마를 캐내야겠습니다

근황

저만큼 비켜선 길 위에

다 저녁을 퍼다 버리고

어깨 한쪽만 기울여

하늘을 짊어진 저녁노을은

눈 내리는 저녁

철로 위에 눈발이 쌓여 있으리
눈길을 밟고 가는 기적 소리가
아궁이에 지펴놓은 장작개비를
또 한 번 뜨겁게 무너뜨린다

창 너머로 달리는 눈발들
하얀 밤을 수놓고 있다

그리움도 휘날리고 있겠지
저 아래 땅 속까지
짝을 찾아 나는 겨울새 한 마리
밤이 들을 덮고

흰 눈들과 살을 섞는 밤

눈꽃

긴 밤을 건너
언 강의 얼음을 깨고
홑잎으로 피던 흰 동백

어느 생이
너의 길에서

너의 이름을
너의 울음을 욕되게 하랴

상처 위에 핀 그리움, 혹은 몽상적 상상력

김석준 (문학평론가)

1. 글을 들어가며

몽상은 아름답다. 몽상은 추억으로 회귀해 서정적 정조를 시말화하게 되는데, 그것은 피아노와 두 개의 바이올린과 비올라가 엮어가는 드보르작의 〈피아노 4중주곡〉이다. 몽상은 세계의 음률이다. 如呂 혹은 呂律. 몽상은 서정의 따스한 리듬 속에 움터오는 그 무엇인데, 그것은 세계의 은밀한 기호를 말 – 함수로 치환시키는 행위이다. 하여 몽상은 그리움으로 휘어진 인간학적인 리듬이다. 저 생명의 온기를 느끼면서, 혹은 삶

– 시간 – 세계에 스민 사랑의 전언도 읽어내면서, 시인 박소향은 몽상을 그리움으로 치환시키고 있다.

문득 아련한 추억에 잠겨 어머니 강가를 거닐고 싶은 때가 있다. 가끔 이 싸늘한 공간에서 벗어나 "사람의 냄새"나는 촌부와 "순박한 눈빛"(「용문 장날」중)을 나누고 싶은 순간도 있다. 우리는 늘 그렇듯이, 과거로 휘어져 안온한 몽상의 세계를 꿈꾸게 된다. 격렬했고 치열했던 삶 – 시간 – 세계의 앞면을 망각의 강으로 흘려보면서 우리네 삶을 "사랑의 촉수"(「가지치기」중)나 "사랑의 눈길"(「풀에게 1」중)로 보듬어 안으면서, 시말 길 전체를 그리움으로 전이시키고 있다. 하여 금번 상재한 박소향 시인의 『꽃들은 아직도 춥다』는 검고 칙칙한 말들의 제의가 아니라, "어머니의 마음"(「얼굴」중) 같은 "하얀 말"(「몸살」중)의 순결한 몸짓이다.

때론 "어머니 그림자" 속의 "슬픔의 무게"(「내 안의 마을」중)를 읽어내면서 때론 "사람의 가슴 속에 길"(「갈대」중)을 내기도 하면서, 몽상의 심급 아래 삶 – 시간 – 세계에 새겨진 상처를 보듬어 안고 있다. 하여 『꽃들은 아직도 춥다』는 서정의 따스한 손길로 상처 난 삶 – 시간 – 세계의 환부를 치료하고 있다. 그리움과 따스한 몽상을 통해서 혹은 세상의 작은 의미적 기호를 시말로 예인하면서, 하얀 말과 하얀 눈으로 상처의 자리를 덮고 있다.

2. 그리움의 밑면 – 문제는 상처다

삶 – 시간 – 세계는 항상 이중성으로 휘어진 절묘한 운동이다. 마치 그리움이 왼쪽으로 휘면 상처가 되고, 오른쪽으로 휘면 몽상이 되듯이, 시인의 시말 길 전체는 이중성 위에서 욕동하고 있다. 마음의 심연을 응시하면서 혹은 "눈에 밟히는 것들"(「목포 앞바다」중) 또한 보듬어 안으면서, 시인은 자신의 내면에 자리한 상처와 만나고 있다. 하여 『꽃들은 아직도 춥다』는 무의식의 심연에 자리한 슬픔이나 상처를 시말로 예인하면서, 그 모든 사태를 그리움이나 몽상으로 휘어지게 만든다. "따라서 박소향의 시살이 전체는 그리움의 밑면에 자리한 저 슬픔 같은 상처를 정면으로 응시하면서, 그것을 승화시키는 과정이라고 말하는 것이 타당하다. 슬픔이 거치면서 그리움의 싹이 자라고 몽상이 몽실몽실 피어오르게 된다.

바람에 흔들리는 것이 너뿐이겠느냐
네 불빛 아래 어두운 것이 네 탓이겠느냐

방문 앞 물소리 밤마다 높은 것도
네 속울음 때문 아니겠느냐

바람도 네 마음 아는지

문풍지 살며시 흔들다 간다

우리가 산다는 것

발바닥 뜨겁게 꽃이 되어가는 것이 아니냐

하늘도 때로는 아득하여

눈물을 쏟을 때가 있지 않느냐

─「지상의 꽃들에게」 전문

우리 인간에게 삶은 무엇인가. 시인은 "지상의 꽃들에게" 어떤 전언을 이 세계에 흩뿌렸는가. 삶이 꽃이 되어가는 과정일 때, 그것도 "뜨겁게" 알발로 삶 ─ 시간 ─ 세계를 살아낼 때, 우리는 무엇이 되어 가는가. 시 「지상의 꽃들에게」가 저 미지의 "마음"을 문제 삼고 그 심연에 당도했을 때, 대저 마음의 정체는 무엇인가. 시인에게 마음은 상처, 즉 트라우마이거나 존재가 처한 인간학적 형상이다. 하여 꽃이 처한 위치는 박소향 시인이 처한 위치이거나 "어두운" 존재의 심연이다. 때론 바람에 흔들리기도 하면서, 때론 어둠 속으로 침강하면서, 시인 박소향은 자신의 내면에 울체된 그 무엇과 진솔하게 대면 중이다.

하여 박소향 시인의 시말은 상승의 언어나 하강의 언어이거나 몸을 한없이 낮춘 그야말로 내밀한 언어들

이다. 마치 "몸을 낮추면 더 많은 것들이 보였던"(「유년
의 뜰」중) 유년시절의 어디쯤을 추억하고 회상하면서,
삶 – 시간 – 세계에 기입된 저 심연의 "속울음"을 "눈
물"로 토해내고 있다. 물론 그것이 꽃들에게 전하는 전
언인 것만은 분명하지만, "꽃"은 시인의 내면을 대리
표상하는 객관적 상관물이다. 말하자면 시인은 꽃과의
교감을 통해서 인간학적인 과정을 유비추론하고 있는
데, 그것이 꽃에게 전하는 전언에 기입된 내밀한 목소
리이다. 꽃의 삶은 우리 인간의 삶이다. 우리는 "꽃이
되어가는" 과정적 존재이다. 우리는 바람에 흔들리고
어둠 속에 위치하면서 언제나 절망의 심연에 도달하는
자이다. 승화 혹은 고양되면서 말이다. 시인 박소향은
그 절망의 심연에 자리한 그 무엇인가를 "하늘"의 "눈
물"이라고 말하면서 우리네 삶에 자리한 상처의 지대
를 위무하고 있다.

①
사람의 등이 항상 문과 마주한다는 것을
몸이 마음을 이기지 못한다는 것을
마음을 뒤흔들어 놓은 밤바다는
이 세상 바위보다 더 큰 짐이었음을

– 「상처」 전문

②

세상일을 저만치 밀쳐놓은 것도

등대처럼 바라만 보던

눈물 밑에 감춰둔

생채기 하나도

네 밑에 피고 있다

-「탱자나무 울타리」 일부

박소향 시인의 일련의 시말운동은 상처와 대면하는 운동이거나, 그 상처를 치유하여 인간학 전체를 그리움이나 몽상적 상상력으로 휘게 만든 데 있다. 하여 상처를 드러낸다는 것은 상처와 맞서 싸우는 행위에 다름 아니다. ①은 시인의 상처의 자리가 얼마나 깊은지를 은유적으로 표현하고 있는데, 그것은 바로 내면의 현동을 통한 상처와의 대면이다. 시인에게 상처는 뿌리 깊고 보다 근원적이다. 저 무의식에 자리한 트라우마처럼, 상처는 비수처럼 "등"에 꽂혀있다. "밤바다" 혹은 "큰 짐". 물론 저 어둡고 칙칙한 무의식의 심연의 바다 속에 가라앉은 "큰 짐"이 시인의 상처의 자리인 것만은 분명하지만, 하여 몸도 흔들리고 마음 또한 흔들리고 있기도 하지만, 우리는 그 상처의 자리가 사람의 "눈"에서 비롯한다는 것을 예감하게 된다. 왜냐하면 상처는 사람과 사람 사이의 관계에서 비롯하기 때문이다. 하여 시인의 상처의 자리는 "등"과 "눈" 사이의 거리만큼 싸늘하거나, 이 양자 사이에 위치해 있다. 더 큰 문제는 그 상처가 자기 내적으로 커져간다는 점이다. ②는 그러한 한 점을 "탱자나무"에 비유하여 형상화하고 있다. 상처는 돋친 "가시"다. 상처는 시인 박소향의 "품안"에서 점점 커져갈 뿐만 아니라, 스스로를 파멸에 이르게 할지도 모른다. 왜냐하면 시인의 "생채기"는 시인의 내면의 자리에서 피고 있기 때문이다. 하여 시인의 상처는 무한히 증식되어 삶 − 시간 − 세계를 갉아먹는 그 무엇으로 표상될 수 있다. 항상 생의 앞면을 잠식하는 것은 후면경으로 사라진 상처의 흔적들이다.

헌데 금번 상재한 『꽃들은 아직도 춥다』는 춥고 시린 슬픔이나 상처의 지대를 치유하면서 그리움과 몽상의 지대로 비약하고 있다. 물론 그리움의 밑면에 혹은 시인의 가슴 한가운데 "눈물"과 "어지러운 일"들이 산적해 있는 것만은 분명하지만, 하여 그가 아직도 슬픔의 수인으로 갇혀있는 것 또한 사실이지만, 시인 박소향은 자신이 처한 시살이 전체를 그리움으로 일신시키면서 순수한 시적 몽상의 세계에 빠져들게 된다.

신발에 묻은 흙을 저문 강에 흘려보내고
발 씻는 물을 따라

땀 흘리던 산새 울음도 씻어냅니다
황소처럼 수없이 되새김질한 마음을
치자 꽃처럼 물들이지 못하여
노을이 눈멀 때까지
거기 그리움처럼 서 있다가
나도 눈 먼 달하나를 안고 돌아오는 월문천
-「월문천에서」전문

　　작품집 맨 앞자리에 위치한 「월문천에서」는 시인의 시말운동이 어디로 향해 가는지를 예증하는 작품이다. 이를테면 이 시는 『꽃들은 아직도 춥다』가 씌어진 내적 동기이자, 시말이 궁극적으로 가 닿는 지점이다. 상처의 승화 혹은 카타르시스. 지금 시인 박소향은 월문천의 어디쯤을 거닐다가 고즈넉하게 "저문 강"에서 탁족을 하고 있다. 시인에게 발을 씻는 행위는 자신의 내부에 울체된 그 무엇인가를 씻어 흘려보내는 행위에 다름 아니다. "수없이 되새김질한 마음"자리를 점검하면서, 혹은 "산새 울음" 같은 심연의 슬픔도 함께 씻어내면서 시인은 "거기"에 위치한 "그리움"의 지대로 비약해 들어가고 있다. 어쩌면 박소향에게 그리움은 애잔함을 표상하는 것이 아니라 낭만적인 동경의 세계인지도 모른다. 왜냐하면 시인의 그리움은 대상지향적인 것이 아니라, 그리움 그 자체를 그리워하는 순정한 몽

상이기 때문이다. 말하자면 시인에게 그리움은 시말의
비등점이거나 시인이 위치한 존재의 자리이다. 하여
그리움은 동경이다. 그리움은 노을이 지는 저녁 어스
름에 기댄 시인의 자화상이거나 시인의 내적 자아이
다. 그리움은 유유히 굽이치는 "강"이다. 그리움은 시
인의 영혼이 가닿은 지점이다.

미지의 그 무엇인가에게로 향하는 마음이 시인의 마
음이 아니겠는가. 월문천 강가를 거닐면서 몽상의 세
계로 빠져드는 그 태도가 시인이 위치하는 자리가 아
니겠는가. 하염없이 강가에 우두커니 앉아서 마음을
다잡으면서 상처를 비워내는 그 마음자리가 「월문천」
의 정체가 아니겠는가.

3. 슬픔(고독)과 사랑의 변주곡

"아직도 사는 연습 중"(「지금은 연습 중」중)이고, "두 손
안에 가득 고인 그리움들이 뚝뚝 떨어"(「징검다리」중)진
다고 느껴질 때, 혹은 "그리운 것들은 모두 우체국으로
걸어가고 있다"(「그리운 것들은」중)고 직감할 때, 우리는
어느 쪽으로 삶 – 시간 – 세계를 휘어야만 하는가. 시
인이 『꽃들은 아직도 춥다』를 통해 말하고 싶은 것은
무엇인가. 시말이 상처와 그리움 사이를 자유롭게 왕
래할 때, 시인의 시살이는 어느 쪽으로 휘어진 운명인

가. 사랑인가, 상처인가. 분명 전체적인 시적 정서는 상처와 그리움이지만, 시인은 시의 말머리를 사랑 쪽으로 휘어 세상의 상처를 보듬어 안고 있다. 말하자면 사랑은 〈시인의 말〉에서 말한 것처럼, "그대의 이마도 뜨겁게 짚어 줄" 줄 아는 마음, 즉 맹자의 불인지심不忍之心이나 측은지심惻隱之心이다.

"눈 비 바람" 막아서면서 혹은 "영혼의 집 한 채" 견고하게 세워가면서 추위에 떠는 꽃들에게 울타리가 되는 그 마음이 바로 시인이 거주하는 마음의 집이다. 하여 시인의 마음은 사랑이다. 설령 "마음 담은 곳이 누추하면/꿈도 남루"(「산이 하는 말」중)해지는 것을 느끼지만, 시인의 마음은 저 청명한 "하늘빛을 닮아"(「겨울 입구」중) 가면서 세상의 타자를 위무하고 있다. 마치 "외면을 당한 밥 한 그릇"을 "한 그릇의 사랑"이나 "따뜻한 밥 한 그릇의 어머니"(「밥 한 그릇」중)로 의미 변환시키면서 이 세계가 사랑의 실체임을 예증하고 있다.

    무릎을 꿇지 않고는
    그 어떤 것도 피워낼 수 없는
    허리를 펴고 스스로 깨어
    일어서는 아침만이
    제 이마에 흐르는 땀을 닦아낼 수 있는

지상에 꿈을 심고
나는 수없이 꿈을 캐내기도 했다
허공에 굴러다니는 참말들을
알아차리지 못하고 돌팔매질을 했다

등을 돌린다는 것은 슬픔을 입고 사는 일
한 생을 등에 매달고 돌아설 수 없는
아득한 먼 바다 섬이 되어가는

－「섬」 전문

　우리는 고독한 섬이다. 우리는 단독자다. 하여 우리는 "슬픔을 입고 사는 일"에 친숙해 있다. 설령 시인 박소향이 삶 － 시간 － 세계를 사랑의 전언으로 가득 채우고 싶어 하지만, 삶 － 시간 － 세계란 그 자체로 미지의 길로 휘어진 운동이다. 하여 우리는 인간에게 허여된 "꿈"의 실체가 무엇인지를 정확하게 "알아차리지 못"한다. 우리는 꿈의 수인에 갇힌 채, 하나의 섬이 된다. 어쩌면 우리 모두는 언제나 고립된 그 무엇으로 존재하는지 모른다. 왜냐하면 인간학이란 늘 그렇듯이 시간에 구속되어 섬이 되어가는 과정에 관한 물음들로 가득 채워져 있기 때문이다. 하여 인간에게 고독이나 고립은 필연이다. 허나 그러한 인간학적 운동에도 불구하고, 우리는 언제나 사랑을 몽상하는 자이다. 아니

설령 우리가 서로가 서로에게 "등을 돌린다"는 사실을 인정할 때조차, 우리는 "꿈을 캐내"는 존재이다.

　그런 의미에서 볼 때, 시 「섬」은 인간이 처한 존재론적 한계상황을 시말로 예인하면서 그 모든 의미적 층위를 "참말" 속에 응고시키고 있다. 세계와 인간 사이에 어떤 말이 가로놓여 있는가. 우리는 무엇을 일러 참말이라고 하고 또 거짓이라고 일컫는가. 시인 박소향에게 있어서 섬은 고독한 몽상이다. 마치 우리가 군중 속에 고독한 존재로 살아갈 수밖에 없는 것처럼, 시인은 "아득한 먼 바다"에 떠있는 섬이 되어 "참말"의 실체가 무엇인지를 성찰하고 있다. 하여 고독은 자신과 대면할 수 있는 유일한 길이다. 고독은 "참말"이 처해 있는 위치이거나, 시인이 살아낸 "한 생"의 표징이다. 비록 그 "참말"의 정체가 불명확하게 언표되기는 했지만, 시인에게 참말은 인륜적 공감대가 실현되는 사랑의 전언인지도 모른다.

　①
긴 밤을 건너
언 강의 얼음을 깨고
홑잎으로 피던 흰 동백

어느 생이

너의 길에서

너의 이름을
너의 울음을 욕되게 하랴

—「눈꽃」 전문

②
숲 사이 설핏 길이
햇살을 간간이 들여 놓는다
한 생애가 문득 문득
벼랑 끝으로 하얗게 떨어지고 있는

서로에게 길이 된 사람이
눈 속을 가고 있다

—「눈길」 일부

　문제는 길이다. 문제는 항상 길과 길 사이에서 파생된다. 하여 우리는 길 앞에서 성찰하는 자이거나 이 길과 저 길 사이에서 항상 생에의 형식을 선택하게 된다. 길 내부에 삶이 있고 생에의 형식이 존재한다. ①은 겨울 한 복판에 눈꽃으로 피어난 "흰 동백"을 응시하면서 생에의 의미를 반추하고 있다. 인고의 시간 혹은 겨울 너머. 생이란 각각의 길을 따라 휘어진 운명의 형식을 살아가게 되는데, 시인 박소향은 길 위에서 "이름"과 "울음"의 의미를 되새기면서 꽃눈을 피우고 있다. 우리는 그 모든 생에의 형식에 관하여 욕할 자격이 없다. 생은 그 형식을 불문하고 소중하다. 설령 그것이 미지로 휘어진 꽃의 생명운동일지라도, "너의 길" 나의 길이자, 우리 모두가 걸어가는 길이 된다.

길은 길로 이어져 길 내부에 인간학이 고동치고 있다는 사실을 깨닫게 된다. 하여 길은 휘어진 삶의 초상이다. 길은 사람이다. ②는 길과 길 사이에 놓인 "한 생애"를 성찰하면서 길이 곧 사람임을 예증하고 있다. 지금 시인은 인적이 드문 눈 내린 겨울 숲을 거닐고 있다. 비록 시인이 그 길을 애달픈 길이라고 언표하고 있지만, 길이 "서로에게 길"로 이어져 인간학을 몽상하는 쪽으로 휘어지게 된다. 길은 사람이다. 물론 그 길의 끝에서 "벼랑"을 만나 절망의 나락으로 추락하는 경우가 없지 않아 있지만, 시인에게 길은 그 자체로 공감대가 형성되는 인륜성이다. 하여 서로에게 길이 된다는 것은 사람과 사람 사이를 연결하는 그 무엇으로 표상된다.

여름내 소나기를 몰고 다니는 구름은
이제 막 피어오르는 산수국의 마음을
붙드느라 정신이 없다

폭염에 더 익혀야 할 것도 없는 땅위의 손마디마디

찬 이슬들이 여물던 속살 깊이까지

어쩌면 먼 그 훗날까지

대지에 흘러가던 강물 소리로

새 생명을 키우고 있는지 모른다

누구의 손에 따뜻하게 쥐어져

어느 하늘 아래서

달무리를 우러러보는

사랑으로 크고 있는지 모른다

– 「여름의 끝」 전문

삶 – 시간 – 세계란 그 자체로 사랑의 작용이다. 아니 사랑이 아니고서는 이 세계의 미지의 작용들을 이해할 수 없다. 헌데 박소향 시인은 「여름의 끝」에서 이 세계 공간 전체를 사랑의 전언으로 가득 채우고 있다. 생명의 노래 혹은 대지적인 꿈. 우리는 우리가 살아가는 공간을 "새 생명"의 찬란한 제의로 충일하게 만드는데, 그것이 바로 시인이 궁극적으로 지향하는 시말 운동이다. 슬픔, 상처, 그리고 그리움이 휘면 사랑이 된다. 하여 금번 상재한 『꽃들은 아직도 춥다』는 그 모든 의식적 층위를 사랑 쪽으로 휘어, 삶 – 시간 – 세계가 상생의 구조 속에 존재함을 노래하고 있다.

마치 삶 – 시간 – 세계 전체가 사랑의 연기적 자장 내부에서 욕동하는 것처럼, 시인은 순환하는 계절의 작용이 따스한 사랑이라고 말하고 있다. 하여 사랑은 '바로 지금 여기 이 순간'에 피어오르는 생명의 결실일 뿐만 아니라, "먼 그 훗날"에도 다시 생동하는 생명으로 소생하기를 기원하는 열망이다. 사랑은 반복의 욕동이다. 사랑은 영원한 지속이다. 사랑은 "산수국의 마음"을 붙잡은 "구름"이다. 사랑은 풍요의 대지적 꿈이다. 사랑은 "달무리를 우러러보는" 따스한 "손"이다. 하여 사랑은 성숙이다. 사랑은 대지적 사랑을 실천하는 어머니이다. 사랑은 이 세계의 최종심급이다. 어쩌면 시인이 상처와 그리움의 지대를 힘들게 경유했던 까닭은 이 세계를 사랑으로 휘어지게 만들기 위해서일지도 모른다.

4. 절제의 미학 – 몽상의 작용 혹은 대상의 즉물화

금번 상재한 『꽃들은 아직도 춥다』의 지배정서는 그리움의 앞뒷면에 자리한 상처나 사랑의 지대임에 틀림없다. 허나 이러한 시적 특징에도 불구하고, 가장 성공적 작품들은 자신의 감정의 노출을 자제하면서 순수한 몽상을 언어로 형상화한 작품들이다. 이를테면 대상의 즉물성을 언어적 상상력으로 응고시킨 절제의 미학은

박소향 시인에게 하나의 시적 화두일지도 모른다. 왜
냐하면 그것은 치열한 언어 의식에 비롯하는 시말운동
이기 때문이다. 대상 가능성의 시현 혹은 말의 순수한
제국. 시말은 시인의 독특한 시선이 응결된 그야말로
말의 신기원이다. 물론 즉물성을 노래했다고 해서 말
의 신기원에 모두 도달하는 것이다. 헌데 특히 박소향
시인에게 있어서 절제의 시학은 시인이 성취해야만 하
는 미래적 과제이다.

잠 속에서도 먼 바다 소리를 들었다
눈감은 동공 안으로 파도가 밀려왔다
돌아누울 때마다
지구 저편도 뒤척이고 있었다
가슴속엔 바다가 넘실거리고
내 몸은 해초처럼 너풀거렸다
푸른 날개를 달고 헤엄을 쳤다
소금기 젖은 갯바람이
수평선 하나를 그었다

─「해당화」 전문

대상을 읽는다는 것은 대상을 새로운 눈으로 바라본
다는 말과 같다. 시말의 신기원은 대상의 새로운 개현
이다. 시 「해당화」는 말과 대상 사이의 거리를 최대한

넓혀놓고 말−자유를 최대한 실천하고 있다. 말하자면 시인 박소향은 바닷가 모래밭에 핀 해당화를 바라보면서 몽상적 상상력의 세계에 빠져들고 있다. 이미지의 비약 혹은 감각의 제의. 시말의 위치는 시인의 감각의 위치와 정확하게 대응하게 되는데, 그것은 대상에 관한 시인의 고유의 의미적 읽기이다. 이미지의 불연속적인 운동을 전개하면서 시말은 말의 경계를 자유롭게 넘나들게 된다. 이를테면 소재로 차용된 "해당화"는 시말운동의 구심적 위치를 점하기는 하지만, 시인은 상상의 자유로운 비행을 통해서 말과 말 사이를 이질적 층위로 이접시키고 있다.

물론 해당화가 여타의 바다 이미지를 촉발하는 매개체로 작용하기는 하지만, 일련의 역동적인 이미지 운동은 대상 가능성의 새로운 시현이다. 그것은 이미지가 하나의 의미 하나의 세계를 건설한다는 말과 같다. 하여 이미지의 운동은 시인의 감감적 촉수가 가 닿는 지점에서 비등하는 말의 순수한 표상작용이다. 그리고 그것은 일체의 감정적 징후를 배제한 채, 해당화가 촉발하는 이미지의 변용과정이라고 말하는 것이 타당하다. 물론 전체적인 시적 분위기로 볼 때, 해당화 핀 바닷가의 풍경을 소묘했다는 것을 짐작할 수 있지만, 이미지의 전개과정 전체는 자유연상으로 휘어져 있다. 하여 이미지와 이미지 사이는 불연속적일 뿐만 아니

라, 그것이 어떤 의미를 가지는지를 물을 수 없다. 왜
냐하면 이미지의 운동은 시인의 특유의 감각의 지대를
통과하는 지점에서 생성되는 특발적인 그 무엇이기 때
문이다.

①

흰 호청
나부끼는 빨랫줄에
함께 걸린 구름도 걷어다
맨발로
제 살을 밟으며
더 희게 밤을 두드렸다

－「다듬이 소리」 전문

②

울먹이는 새 한 마리
얼마나 깊은 밤을
헤집고 날아 왔기에
목덜미가 저리도 수척해 있을까

－「초승달」 전문

③

저만큼 비켜선 길 위에
다 저녁을 퍼다 버리고

어깨 한쪽만 기울여

하늘을 짊어진 저녁노을을

- 「근황」 전문

　시말로써 하나의 우주가 건설된다면, 그것은 바로 말-자유의 실천적 측면에 있다. 말이 말 안에 갇혀 역동적인 이미지를 양산하지 못할 때, 그 말은 죽은 말이다. 하여 시인이 시인된 까닭은 말이 곧 하나의 우주임을 예증하는데 있다. 다음에 인용한 시들은 참신한 이미지의 제의를 구축했을 뿐만 아니라 말의 신기원에 도달한 것처럼 보인다. ①은 "다듬이 소리" 들리는 저녁 풍경을 예쁘게 소묘한 시다. 아니 그것은 차라리 하나의 풍경화라고 말하는 것이 타당하다. 왜냐하면 모든 이미지들은 시각이나 청각적 이미지로 투명하게 부조되어 밤풍경을 하나의 즉물적인 사실로 재현하고 있기 때문이다. 그리고 이러한 이미지의 형성은 박소향 시인이 서정적 감성의 세계에서 벗어나 새로운 시말을 욕동시킬 수 있는 단초로 작동하고 있다. ②도 앞의 시와 마찬가지 방식으로 "초승달"을 "울먹이는 새 한 마리"의 "수척한" "목덜미"로 비유하면서 한 폭의 그림처럼 투명하게 재현하고 있다. 어찌 보면 선시나 하이쿠 같기도 한 이 시는 깊은 깨달음의 영역을 육화시킨 것처럼 보인다.

109

③은 앞의 두 시보다 선시풍에 더 가까운 시이다. 물론 시의 소재가 "근황"이라는 것에 비추어볼 때, "저녁 노을"진 풍경을 근황이라고 말하고 있는 것처럼 보이지만, 시말의 심층은 비움의 층위로 휘어지거나 인간학적 짐을 형상화한 것으로 비추어진다. 대저 "하늘을 짊어진"다는 무엇인가, 어둠인가, 생에의 절망인가.

"저녁"도 퍼다 버리면서, 혹은 "비켜선 길 위"에서 시인은 어떤 시적 경지에 도달하고 있는가.

인용한 일련의 시들은 언어의 절제와 감정의 절제를 통해서 말의 절대성에 이르고 있다. 분명 말은 너무 투명하다 못해 즉물적인 것처럼 보이지만, 그 말은 휘어져 삶 ― 시간 ― 세계에 내재한 진리를 응시 통찰하고 있다. 말이 휘면 진리가 되고 깨달음이 된다. 상처와 그리움의 앞뒷면을 사랑으로 승화시킨 후, 시인은 말의 순수한 표상 내부에 진리를 기입하고 있음에 틀림없다. 어쩌면 즉물성을 표방한 일련의 시들은 말의 진경 속으로 회귀해 들어가 말이 곧 하나의 세계임을 예증하고 있다.

산도 들도
햇살 한 자락도
쓰러지는 저녁
아무도 다녀가지 않는 벌판

나는 발자국을 남기며 길을 냈다

삐뚤삐뚤
돌아오는 길
하얀 글씨를 덮으며 돌아왔다
―「하얀 글씨」전문

　박소향 시인 처한 시인의 자리는 노랑이 아니라 하양이다. "하얀 말"(「몸살」중)과 "하얀 글씨"는 시인의 영혼의 징표이다. 훼손되지 않는 저 처녀림 같은 순결성을 지향하면서 시인은 자신만의 고유한 시세계를 건설하고 있다. 물론 이러한 일련의 시들은 말 자체의 순수한 몽상이 빚어낸 시말운동임에는 틀림없지만, 시말은 시인이 의도했던 것보다 더 심원 쪽으로 휘어져 말이 곧 진리를 가리키게 된다. 뭐랄까. 그리움이나 상처와 같은 시인의 내면을 들어낸 시들보다 한 차원 높은 곳에서 이 세계를 포월하고 있다. "하얀"은 시인 자신의 상처에 관한 표백작용이자, 징환에 휩싸인 삶―시간―세계를 위무하고 구원하는 상징성을 내포하고 있다. 물론 시 「하얀 글씨」가 눈 내린 "벌판"에 새겨진 "발자국"을 형상화한 것이지만, "하얀"은 시인의 정신성이 위치하는 마음자리이거나 그가 안주하고 싶은 정신에의 지향적 의식이 고스란 간직된 순결한 공간이다.

꽃들은 아직도 춥다

초판 | 1쇄 발행 2010년 11월 10일
지은이 | 박소향 · 펴낸이 | 김소양
기획 편집 | 최 준 · 마케팅 | 김철범
디자인 | 이현미, 송미령, 양윤석, 윤나리

임프린트 | 도서출판 우리글
주소 | 서울 서초구 양재2동 299-5 남양빌딩 6층
마케팅 | 02-566-3410 · 편집실 | 02-575-7907 · 팩스 | 02-566-1164
홈페이지 | www.wrigle.com · 이메일 | wrigle@hanmail.net
블로그 | blog.naver.com/wrigle · 트위터 | @wribook

발행 | ㈜우리글 · 출판 등록 | 1998년 6월 3일

ⓒ 박소향 2010 (저작권자와 맺은 특약에 따라 검인을 생략합니다.)

Printed in Seoul, Korea
ISBN 978-89-6426-020-3 03810

「이 도서의 국립중앙도서관 출판시도서목록(CIP)은
e-CIP 홈페이지(http://www.nl.go.kr/ecip)에서 이용하실 수 있습니다.
(CIP제어번호: CIP2010004030)」

* 잘못된 책은 바꾸어 드립니다.
* 책값은 뒤표지에 있습니다.